Nel contagio

PAOLO
GIORDANO

新冠时代的我们

〔意〕保罗·乔尔达诺 著

魏怡 译

上海译文出版社

目录

附录

那些我不愿忘记的事

一个月以来，一个难以想象的情形闯入了我们的生活。就像侵入肺部的病毒一样，它出现在我们日常生活中每个隐秘的角落。我们从未想过要为丢垃圾获得许可。我们从未想过要按照民防部的新闻简报来安排每一天的生活。我们也从未想过会有人在没有亲人陪伴的情况下死去。这样的事不应发生在这里，发生在我们身边。

然而。

二月二十一日，意大利发行量最大的报纸——《晚邮报》，在头版刊登了孔特和伦齐举行的会议。我发誓我记不起会议讨论了什么。但凌晨一点过后，在伦巴第小城科多尼奥发现第一例确诊病例的消息被送到了报社，勉强来得及挤进头版右侧的栏目里。

第二天，新冠病毒的消息就占据了所有报纸的头版头条。今天依然留在那里。

回顾一下，你会感觉病毒传播非常迅速，先是在伦巴第，然后是我们的大区、我们的城市、我们的社区。然后，有著名人物核酸检测呈阳性，然后是朋友的朋友，然后是我们自己的亲友。再然后，我们大楼里也有人被送进了医院。

三十天。尽管病毒的每一步扩散似乎都合情合理，在可能性计算中也都明确可见，却都伴随着我们的怀疑。从一开始，病毒得以顺利扩散就得益于我们的怀疑。起初，每个人都说："瞧你说的，我们这儿怎么会爆发。"而如今，我们都关在家里，出门购物前还要上内政部的网站打印一份出行表格，好向当街巡逻的警察出示。

如今，意大利的死亡人数超过了中国。事态发展到这一步，我们应该已经明白，这个难以想象的情形将会无情地持续下去，它不会止于今天，也不会止于几个星期以后，或止于封城措施解锁之时。这个难以想象的情形才刚刚开始，它会在这里停留很久。它或许会成为这个时代的特征。

这些日子里，玛格丽特·杜拉斯的一句话时时浮现在我的脑海："和平即将到来。仿佛即将来临的黑夜。仿佛是遗忘的开始。"战争结束后，所有人都急于遗忘，同样的情形也发生在疾病面前：痛苦迫使我们面对模糊不清的真相，重新思考我们的优势；它鼓励我们为当下赋予新的意义。然而，一旦痊愈，这些启迪就会烟消云散。

所以，我正在列出一个清单，里面包括所有我不愿忘记的事。这个清单每天都会增加一点。我认为每个人都应该列出自己的清单。这样我们就可以把它们拿出来，作个比较，看看我们有没有共同的想法，看看是否可以一起做些什么。

我的清单是这样的：

我不愿忘记人们如何遵守新制定的规则，以及我在看到人们严格遵守时感到的惊奇；我不愿忘记人们在照料患者和健康者时孜孜不倦的付出，还有那些傍晚在窗边唱歌的人表现出的友善。这件事我们不会忘记，以后也很容易记起，因为这已成为官方对流行病的描述。

我不愿忘记有多少次，那是在最初的几个星期里，面对谨慎措施，我听到人们说："他们疯了。"多年来，所有权威都被剥夺了合法性，因此导致一种本能的和普遍性的不信任，最终化为几个字："他们疯了。"这种不信任导致了延迟。延迟又导致了死亡。

我不愿忘记，直到最后一刻我都没有取消的那张飞机票，即使我明白乘坐那趟航班将是非常不理智的，而那样做的原因只是希望出发。是固执，也是自私。

我不愿忘记那些变幻无常的消息。在病毒扩散初期，那些消息彼此矛盾、耸人听闻、情绪化而又不准确。病毒的扩散或许就是最大的失败。在一种流行病传播期间，信息透明就是对它最好的预防。

我不愿忘记从何时开始，突然间，政坛的喧嚣消失殆尽，就好像我从那趟并没有去乘坐的飞机上下来后，耳压恢复了正常，那连续不断而又自说自话、无处不在而又言之无物的嘈杂的背景音突然间消失了。

我不愿忘记紧急状态如何使我们忽略了一个事实，那就是我们是由各色人等构成的芸芸众生，具有不同的需要和麻烦。当我们声称是在和每一个人讲话时，我们实际上只是在和每一个会意大利语、拥有一台电脑并懂得如何使用电脑的人讲话。

我不愿忘记欧洲的行动滞后了，过分滞后，以至于没有人想到，在绘制意大利疫情曲线的同时，也绘制一条欧洲传播曲线，那会让我们感到在这场灾难当中是团结一致的，至少表面上是团结的。

我不愿忘记疫情的源头并非一个秘密军事实验，而是源自我们与环境和自然的妥协式关系，源自我们对森林的肆意破坏以及我们不计后果的消耗。

我不愿忘记在疫情发生时，我们在技术上和科学上的准备都严重不足。

我不愿忘记自己并没有努力表现出英雄主义。在促进家庭团结方面，我既不坚定，也无远见。在需要的时候，我没能使任何人振作精神，甚至连我自己都做不到。

确诊病例的曲线将会趋于平缓，这是一条过去不被我们所知，如今却在支配我们的生活的曲线。它会到达预期的峰值，然后开始下降。这不是一厢情愿的想法，而是我们现在遵守的纪律能够达成的直接结果。我们应该知道，下降将比上升缓慢得多，或许还会有新的爬升，或许还会有其他暂时的封闭和其他的紧急状态，或许某些限制措施还将会持续一段时间。然而，到了某个时刻，一切都会结束。然后重建就将开始。

到了那时，领导人之间会拍拍肩膀，为迅速、严肃、克己的行动而相互祝贺。而我们，面对突然恢复的自由，只想摆脱这一切。巨大的黑夜降临了。遗忘开始了。

除非现在我们敢于展开思考，我们必须做出哪些改变，首先是个人单独的思考，然后是共同的思考。我不知道如何使可怕的资本主义变得没那么可怕，不知道如何改变一种经济体系，不知道如何重新与环境和平共处。我甚至不敢肯定该如何改变自己的行为。但是，我肯定地知道，假如不敢对它们进行思考，那就无法做到其中任何一件事。

让我们尽可能长时间地待在家里。让我们照顾病人。让我们哭泣和埋葬死去的人。但是，让我们从现在就开始想象疫情结束之后的事情，以免这难以想象的情形卷土重来，让我们措手不及。

新冠时代的我们

宅在家里

新冠肺炎的流行被视为我们这个时代最严重的健康危机。这既非第一次，也非最后一次，或许也不是最令人恐惧的一次。等到结束的时候，它或许也没有造成比其他很多次危机更多的受害者。然而，自出现三个月以来，它已经获得了一项第一：SARS‐CoV‐2[①]是第一个如此迅速地在全球范围内蔓延的新病毒。其他许多病毒，比如和它有些相似的 SARS‐CoV[②]，很快就被击败了。还有一些病毒，比如艾滋病毒，多年来都只是躲在暗处。SARS‐CoV‐2 比它们更大胆。它的厚颜无耻揭示了某些此前我们早已得知，却难以衡量的事情：我们彼此之间多种多样而又无处不在的联系，还有我们生活的这个世界，它在社会、政治、经济、人际关系和心理等各个层面上逻辑的复杂性。

我开始此书创作的那一天是一个罕见的二月二十九日，也是这个闰年的一个星期六。全世界确诊病例已经超过八万五千人，死亡人数接近三千人。一个多月以来，这种奇怪的计算已经成为我日常生活的背景。此刻，我看着约翰斯·霍普金斯大学的疫情地图。在灰色的背景上，红色的点触目惊心，代表着病毒扩散的区域：那是警报的颜色，其选择本应更加慎重。但众所周知，病毒是红色的，紧急情况也是红色的。东南亚地区遍布红色的点，但全世界无处可以幸免，"皮疹"只会更加严重。

---

① 2019 新型冠状病毒，在 2020 年 2 月 11 日被国际病毒分类委员会命名为 SARS‐CoV‐2，这个名称是根据基因测序等方面的分类学研究提出的，"与 SARS 疾病之间没有关联"。

② 即 SARS 病毒。

出乎很多人的意料，在这场令人揪心的竞赛中，意大利站上了领奖台。不过，这只是偶然。在短短几天的时间里，其他国家也可能会突然陷入比我们更加困难的境地。在这场危机中，"在意大利"这种说法失去了意义，因为边界、地区和街区都不复存在。我们此刻的经历具有一种超越身份和文化的特征。传染病和我们当今的世界一样，全球化、互联互通、错综复杂。

尽管我意识到所有这一切，看着覆盖在意大利上面的那个红色圆点，我还是深受触动。由于封城措施，我随后几天的一些约会被取消，另外一些被我主动推迟。我被搁置在突如其来的空旷中。这也是许多人的现状：我们的生活被按下了暂停键，日常的节奏被打断，就像在某些歌曲里，乐器突然停止了演奏，只剩下歌声在蔓延。学校停课了，空中很少有飞机驶过，博物馆的走廊里回响着孤单的脚步声，到处都是远超往常的寂静。

我决定利用这段空闲时间写作。目的是密切注意各种预兆，并找到一种更好的方法来思考这一切。有的时候，写作就像船上的锚，可以让我们脚踏实地。不过，这样做还有另外一个原因：我不想错过流行病正在向我们揭示的关于我们自身的东西。恐惧过后，任何瞬间的念头都会在片刻间消失，这种情况在涉及疾病时经常发生。

当你们读到这些章节的时候，情况已经发生了变化。数字会有所不同，疫情已经进一步扩散，到达了世界上每一个文明的角落，又或者已经被驯服，但那并不重要。目前疫情引发的一些思考仍将有效。因为我们面对的并非偶然事件，也不是一种惩罚。它绝非新生事物：它过去发生过，今后也还会发生。

怪咖的午后

　　记得在读高中的前两年，我的某些下午是在简化算式中度过的。我将书上长长的符号抄写下来，然后一步一步地，将它们化作一个个简洁而又能够理解的结果：0，$-\frac{1}{2}$，a^2。光线慢慢暗下来，映在玻璃窗上的景物淡去，换上了我被灯光照亮的面孔。那是一些平静的午后。在那个内心和外界的任何事情——尤其是内心——好像都变得纷繁混乱的年龄，那就是一种冒泡排序。[①]

　　在开始创作生涯之前很久，数学曾经是我控制焦虑的窍门。早晨醒来后，我有时仍会即兴做些计算和数列演算，这通常意味着某些事情不对头。我想，所有这些都使我成为一个怪咖。我同意。而且，就像人们所说的，我接受这种尴尬。然而，在此时此刻，数学并非仅仅是怪咖用来消磨时间的一种方式，而是弄懂正在发生的事情和摆脱某些暗示的不可或缺的工具。

流行病首先是数学方面的突发事件，其次才是医疗层面。因为数学并非数字的科学，而是关系的科学：描述不同实体之间的联系和交流，试图忘记那些实体是什么，并且用字母、函数、向量、点和面来将它们抽象化。传染病是对我们关系网的传染。

① 计算机领域一种较简单的排序算法。

传染的数学

它远在天边，如同逐渐浓密的乌云。然而，当疫情汹涌而来时，我们还是惊呆了。

为了减少人们的疑惑，我想到求助于数学，从 SIR 模型开始，它是一切流行病的透明骨架。

首先要做一个重要的区分：SARS‐CoV‐2 是病毒，COVID‐19 是疾病。这是一些令人厌烦的名字，并非特指什么人，之所以选择它们可能是为了限制情感因素，但它们比那个最为流行的名称（Coronavirus）更加确切，所以我会使用这些名称。这样做也是为了简化，避免和二〇〇三年的传染病混淆。

新冠病毒是我们所了解的最为基础的生命形式。想要弄明白它的行动，我们就必须模拟它那有限的智慧，就像它审视我们那样去审视它。而且要知道，新冠病毒对我们的任何情况几乎都不感兴趣：年龄、性别、国籍，还有我们的喜好。对病毒来说，整个人类可以划分为三种：易感者，也就是所有那些它可能传染的人；感染者，也就是它已经传染的人；移除者，也就是它再也不能传染的人。

易感者（Susceptible），感染者（Infected），移除者（Recovered）：SIR。

根据出现在我电脑屏幕上的疫情地图，此刻世界上的感染者大约有四万人；移除者，包括死亡者和康复者，稍高于感染者的数字。

然而，需要监控的群体却是另一个，是报告中未提及的那些人。新冠病毒的易感者，那些仍然有可能被传染的人，他们的数量几乎就是七十五亿。

传染指数

假设我们是七十五亿颗弹子球。当有一颗受到传染的弹子球突然间全速撞到我们身上时，我们都是原地不动的易感者。那颗弹子球就是零号病人，它还来得及击中另外两颗弹子球，然后才会停下来。那两颗球射了出去，又分别击中另外两颗球。以此类推。

传染就这样开始，如同一种连锁反应。在第一阶段，它的增长方式被数学家称为指数型增长，越来越多的人被传染，速度也越来越快。传染的速度有多快，取决于一个数字，它是每种流行病深藏不露的核心。这个

数字用 R_0（传染指数）表示，每种流行病都有属于自己的传染指数。在弹子球的案例中，传染指数为 2，也就是说每颗受到传染的弹子球平均传染两个易感者。新冠肺炎的传染指数为 2.5 左右。

很难说这个数字是高还是低。再说，这也没有很大意义。麻疹的传染指数是 15 左右，上世纪西班牙流感的传染指数是 2.1 左右，但并未阻止它导致数千万人丧生。

现在我们感兴趣的是，只有当传染指数小于 1，也就是一个感染者只能传染少于一个人的时候，情况才会真正好转。到那时，病毒就会自行停止蔓延。疾病止步于昙花一现。相反，假如传染指数大于 1，即使仅仅超出一点点，流行病就会开始。

好消息是，传染指数会发生改变。从某种意义上讲，这取决于我们。假如我们减少传染的可能性，假如我们约束自己的行为，让病毒从一个人到另一个人的传播变得困难，传染指数就会降低，传染速度也会放慢。

这就是为什么我们不再去电影院。假如我们有信心坚持必要的时间，传染指数就会最终滑落到危险数值 1 以下，流行病也即将停止。降低传染指数是我们放弃做一些事情所具有的数学意义。

在这个非线性的疯狂世界

下午，我在等待民防部公布统计数字。如今我对其他任何事情都失去了兴趣。世界上的事情在继续进行，它们非常重要，新闻上也在报道，但我甚至不会去看。

二月二十四日，意大利的确诊病例是 231 例。第二天增长到了 322 例，第三天是 470 例，然后是 655 例、888 例和 1128 例。今天，三月一日，雨，1694 例。这不是我们愿意看到的，也不是我们所期待的。

我们使用最简单的数字，假设昨天的确诊病例是 10 个，今天是 20 个。直觉告诉我们，明天民防部公布的数字会是 30 个。然后增加 10 个，再增加 10 个。当某样东西增加的时候，我们倾向于认为它每天会按照同样的数量增长。用数学术语来说，我们总是期待一个线性的发展。这种想法过于强烈。

然而，病例的增长越来越快。仿佛超出了控制。我们或许可以说：这就是病毒让我们措手不及的手段之一，但这么说其实夸大了它那有限的智慧。事实上，自然本身正是以非线性的方式构成的。它偏爱令人眩晕的或者缓慢的增长方式，指数和对数。自然在本质上就是非线性的。

流行病也不例外。然而，这种表现虽然不会让科学家感到吃惊，却会使所有其他人深感恐惧。确诊病例呈"爆炸式"增长，报纸的标题里写着"令人担忧的""悲剧性"等字眼，但实际上，它是可以预料的。正是这种对于平常事件的歪曲滋生了恐惧。无论是在意大利，还是在世界上其他地方，新冠肺炎的传染都没有按照一个常数增长。目前阶段的增长速度异常迅速，但这丝毫没有神秘之处，真的没有。

阻止传染

"如何才能阻止某种东西增长得越来越快?"

"花费很大力量。做出很多牺牲。凭借很多耐心。"

如今,我们都明白对抗流行病就意味着要让传染指数降下来。这就好像在没有关掉总阀门的情况下修理水龙头。假如管道里压力太大,在着手其他问题之前,我们应该想办法控制住朝我们的脸上喷洒的水流。这就是力量的阶段。

假如能够在一段足够长的时间里(所有此前的感染者都被发现并得到同样的控制,而且大部分已经过了传染期）将传染指数控制在危险数值以下，那么我们就可以认为传染的速度已经放慢。感染人数还在增加，但速度放慢。这就是牺牲的阶段。

不过，在谈论传染指数的时候，我操之过急了。同时还有一个坏消息。无论在哪个国家，随着那些非同寻常的封城措施被解禁，传染指数依然有可能反弹，跃上2.5的"天然"数值。如果管道里还有压力，当你移开手掌时，水会重新开始喷洒，像以前一样强烈。感染人数会重新开始呈指数级增长。于是开始了最艰难的第三阶段，也就是耐心的阶段。

希望情况会更好

昨天，我到朋友家吃晚餐。我对自己说，这是最后一次。当感染人数超过两千，我就开始隔离。进门之后，我没有拥抱任何人，这让其他客人有些不快。事实上，他们更多的是感到困惑。似乎我对流行病的反应有些夸张了。我有些疑神疑鬼的，隔天晚上就会让我妻子摸一下脑门，但问题不在于此。我并不害怕生病。那么，我害怕的是什么呢？我害怕疫情可能会造成的改变。害怕发现我所熟知的累累文明不过是一个纸糊的城堡。我害怕一切归零，但同时也害怕结果与之相反：这害怕到头来只是枉然，没有带来任何改变。

晚餐的时候，所有人都一再说："再过一个星期就结束了。""没错，你会看到的，再过几天，一切都会恢复正常。"一个女性朋友问我为什么沉默不语，我耸了耸肩，没有回答。我不想危言耸听，或者更糟，成为乌鸦嘴。

即使我们没有针对新冠病毒的抗体，对抗所有令人不安的事情的抗体还是有的。我们总是想知道事情何时开始何时结束。我们习惯于把我们的节奏强加给自然，而不是接受自然强加给我们的东西。所以，我要疫情在一个星期后结束，要大家回到正常状态。我满怀希望地要求着这一切。

但是，在新冠时期，我们需要知道什么样的希望是合理的。因为希望情况会更好，与正确的希望方式并不一定吻合。期待不可能的事情，或者仅仅是可能性非常小的事情，会令我们一再面对失望。在这样的危机当中，异想天开的缺点并非它的虚假，而是它直接将我们引向焦虑。

真正阻止传染

"所以说，怎么才能真正阻止传染呢?"

"用疫苗。"

"假如没有疫苗呢?"

"那就需要更多的耐心。"

流行病学专家知道，阻止流行病传播的唯一途径是减少易感者的数量。他们在人口中的密度必须足够低，传播才会变得不可能。需要让弹子球彼此远离。被击中的目标足够少时，连锁反应才会停止。

疫苗具有数学能力，能够让我们从易感者直接变成移除者，而无需经过患病这一步。我们对此感兴趣，是因为它可以帮助我们战胜病毒。不过，流行病学专家对此更感兴趣，因为它可以帮助我们战胜流行病。不必所有人都注射疫苗，而只需达到一个足够的比例，也就是达到那个所谓"群体免疫"的比例。

然而，新冠病毒拥有新手的运气。它到来的时候，我们没有经验，措手不及，既没有抗体，也没有疫苗。它对我们来说是全新的。用 SIR 模型来表示，就意味着我们所有人都是易感者。

所以，我们必须坚持足够长的时间。我们拥有的唯一疫苗，就是一种稍嫌讨厌的谨慎。

谨慎的数学

我不顾一切想要去山里。在考试过后，假期是一种补偿。朋友们和我一样，都非常在乎这件事，再加上费用已经付过了：双阿尔卑斯①的旅馆，甚至由于过分大胆，我还预订了滑雪周票。穿过萨尔贝特兰德隧道后，我们就遇到了一场雪暴。它应该是才开始不久，路面上还很干净。我们彼此安慰说："我们可以的。"开出十几公里后，我们遇上了其他停滞的车辆。我们装上防滑链。安装防滑链十分困难，尤其这还是第一次。当我们准备好再次出发时，积雪的高度已经到了脚踝。我给父亲打了电话。他十分平静地对我说，在某些情况下，唯一可能的勇气就是放弃。

是父亲给我上了关于谨慎的一课，不仅如此，还包括其中的数学基础。

父亲有好多执念，其中始终有超速这一条。在高速公路上，每当看到一辆汽车如火箭般超过我们时，他总是说："很明显，车上的人不清楚，撞击的强度并不是和速度同比增加的，而是速度的平方。"我当时还是个孩子，远远没有掌握理解这句话所必需的概念。几年后，我借助物理对它重新进行了解释：在动能公式里，一个运动物体的能量不是表现为速度，而是速度的平方：

$$E = \frac{1}{2}mv^2$$

所以说，撞击是能量，我父亲是在向我解释线性和

---

① 指双阿尔卑斯山滑雪场，位于南北阿尔卑斯的交界处。

非线性增长的区别。他提醒我，有时候直觉是错误的。在高速公路上超速行驶的危险并非如我想象的那样，而是危险得多。

手足口病

　　米兰的中小学、大学、博物馆、剧院和健身房都关闭了。手机上收到的照片显示市中心空荡荡的街道。今天是三月二日，却像仲夏节那么冷清。我在罗马还能呼吸到正常的空气，不过是一种有条件的正常。到处都能觉察到某些东西正在改变。

　　传染病已经损害了我们与外界的联系，造成了巨大的孤独：那些在重症室接受治疗、要隔着一层玻璃与他人交流的患者的孤独；以及一种与此不同而又更加普遍的孤独，那就是口罩后紧闭的嘴巴，怀疑的眼神，以及不得不留在家里而感到的孤独。在新冠时期，我们所有人都是自由的，但都被迫待在家里。

在十二岁生日前的一个星期，我患上了一种叫做手足口的疾病。我身上起了水泡，就在嘴唇、手指和脚趾的位置。我没有发烧，除了痒甚至不觉得难受，但由于这种病有很强的传染性，我被迫居家隔离。他们给了我白色布料的手套，让我在走出房间的时候戴上，就像隐形人一样。尽管那种病只出轻微的疹子，我记得自己非常孤独和沮丧，生日那天还哭了一场。

没有人喜欢被排除在外。明白自己只是暂时与世隔绝并不足以驱除痛苦。我们有一种绝望的和他人在一起、置身于他人中间、与对我们来说重要的人保持一米以内距离的需要。这是一种持续的需要，就像呼吸一样。

所以，我们有一种反抗的冲动：我不允许自己被决定，不允许任何病毒打断我的社交生活。哪怕是一个月、一个星期、一分钟。

我们被告知应该这样做，但谁又真的有理？

隔离的困境

从冰冷而抽象的数学意义上讲，传染病也是一个巨大的游戏。一个可怕的游戏，但终归是一个游戏，有它的规则、策略和目标（继续做自己/不要生病），当然还有我们，游戏的参与者。我们可以把这个游戏叫做：隔离的困境。

假设一个朋友今晚要举行生日派对，尽管选在周一有点奇怪。派对将在一个很小的场所举行。而卫生部，甚至是世界卫生组织，都要求避免人群聚集，以便在咳嗽和打喷嚏时保持安全距离。我们都知道，在聚会时不可能保持至少一米的安全距离。另外，如果我们大家都遵从建议，你能想象那多么令人伤心吗？

我们每个人都面临两个选择：去参加派对，并交叉手指祝自己好运，或者绷着脸留在家里，想象别人都去了那里。我知道所有受邀的人都在权衡，我开始稍带恶意地希望很多人会放弃，希望参加派对的人比平常少。最多只能这样了。但是，我又问自己，假如所有人都得出了和我一样的结论，那会发生什么。假如他们决定冒险，而我们中间有一个感染者……不，我甚至不愿意往那里想。

数学喜欢直言不讳，它用数值来表示每位受邀者的每一个选择，再按顺序把这些数值输入表格，从而观察从一个格子移到另一个格子后会发生什么。谁会有所失，谁会有所得。最后，数学为我们提供了另一种结果，它并不那么容易凭直觉获得：最好的选择并非那个仅仅从我个人利益出发做出的选择。最好的选择是那个既考虑我的利益，同时也考虑到其他所有人利益的选择。总之，我感到遗憾，但我只能下一次再去了。

反对宿命论

流行病鼓励我们把自己视为一个群体的成员。它强迫我们做出在平日里不太习惯的想象：想象我们与他人之间有着密不可分的联系，在做出个人选择时要考虑到他们的存在。在疫情期间，我们是一个统一的有机体。在疫情期间，我们重新成为一个群体。

在这些日子里，人们不断提出异议：假如病毒的致死率看上去并不高，尤其是对于年轻人和健康的人来说，为什么我不能冒一点个人的风险，继续过往常的生活呢？一点点宿命论，难道不是每个自由公民不可剥夺的权利吗？

不，我们不应该冒险。至少出于两个原因。

第一个原因是数字层面的。新冠肺炎患者中必须住院治疗的比例不容忽视。按照目前的估计，大约有10％的感染者需要住院治疗，而情况还会发生变化。如果在短时间里有太多的感染者，10％就意味着一个非常庞大的数字，医院里的床位和护理人员都会出现短缺。医疗系统也将陷入瘫痪。

第二个原因仅仅关乎人性层面。关于易感者中比他人更易感染的那些人：老年人，健康状况不佳的人。我们将他们称作超级易感者。假如我们其他人，也就是年轻人和健康的人，我们加大被病毒攻击的风险，就等于自动将病毒带到距离他们更近的地方。在一场流行病中，易感者应该保护自己，这也是为了保护他人。易感者也是一层防疫线。

所以，在疫情期间，我们做什么，不做什么，都不仅仅是我们个人的事。这一点我不想忘记，即使在一切都结束之后。

　　所以，我去寻找一句简单明了的话，一个用来记忆的口号，我在一九七二年的《科学》杂志里找到了它：More is different（多即不同）。菲利普·沃伦·安德森①撰写的是一篇关于电子和分子的文章，但他谈论的也是我们：我们的个人行为对群体造成的累积效应，与个体影响的总和是不同的。假如我们人数众多，每个行为都会导致抽象的难以预料的后果。在疫情期间，缺乏团结首先是想象力匮乏的表现。

---

① Philip Warren Anderson（1923—2020），美国物理学家，一九七七年获诺贝尔物理学奖。

再次反对宿命论

我们应该关心的社群不是我们所在的街区或城市。不是一个地区，也不是意大利或者欧洲。在疫情期间，这个群体包括整个人类。

假如我们为拯救国家医疗系统付出的努力而沾沾自喜，我们可以立刻停止。这里有一个更加具有挑战性的全新想法。让我们试想一下，假如新冠肺炎在非洲一些医疗机构比我们更加匮乏、甚至没有医疗机构的地方大肆扩散，那么有可能发生什么，或将会发生什么。

二〇一〇年，我走访了无国界医生在金沙萨的一个医疗队，那里属于刚果民主共和国。医疗队负责艾滋病的预防，以及对血清检测呈阳性的人，尤其是女性性工作者及其子女，实施救助。那些充当妓院的巨大厂房，至今还清晰地呈现在我面前。那些家庭仅仅用肮脏的门帘彼此隔开，女人当着自己孩子的面卖淫。对此我具有如此清晰的记忆，因为那是我第一次看到如此绝对的和非人的灾难，因而感到震惊。

现在，我想象着病毒蔓延到那里，进入那个厂房，仅仅因为我们没有足够努力去控制病毒的蔓延，仅仅因为我们想要不惜一切代价去参加生日派对。到了那个时候，谁来为我们所享有的宿命论特权负责呢？

我们所有人并非都是同样的易感者，但成为超级易感者也并非仅仅取决于年龄或前期健康状况。还有上百万基于社会和经济原因的超级易感者。尽管他们在地理上非常遥远，却与我们息息相关。

没有人是一座孤岛

　　在我上高中的时候，曾经发生过很多反对全球化的游行。我仅仅参加过一次，但备感失望。我不知道大家在抱怨什么，一切都太过抽象，不着边际。说实话，我甚至喜欢全球化，它可以让我们听到优美的音乐，享受惬意的旅行。

　　全球化这个词模糊而又包罗万象，即使现在说起来，也会让我摸不着方向。不过，一些事件从侧面将它勾勒了出来，所以我至少可以凭直觉想象出它的轮廓。比如大流行病。比如这种新形式的责任，它被扩大化了，我们任何人都无法逃避。

　　的确没有任何人可以逃避。假如可以用钢笔将所有彼此互动的人连线，那么这个世界将会成为一幅统一的、巨大而拙劣的涂鸦。在二〇二〇年，即使过着最严格的隐居生活，在互联生活中也占有一个最小的份额。用数学术语来讲，我们生活在一个关联度非常高的图形里。病毒沿着钢笔的笔尖奔跑，无处不到。

　　约翰·邓恩那个已经被用烂的诗句，"没有人是一座孤岛"，在疫情期间具有一种暗黑的新意。

飞翔

我们不是弹子球。我们是充满欲望和神经障碍的人。尤其是，我们有很多事情要忙。我们比以往所有年代的人旅行更多也更远，我们与之交流的人的数量会令我们的祖先眩晕。

假如我们身上潜伏着一个糟糕的感冒病毒，它会在我们的体内和我们一起移动，继而四处扩散，这里一点，那里一点，米兰，伦敦，扩散到我们每隔一天就会去购物的超市，扩散到我们上周日去吃午餐的父母家。病毒的扩散不偏不倚，尤其是打喷嚏的时候，当大部分感染者都没有症状时，传染就更加严重。就像蜜蜂和风会携带花粉一样，我们也将自己的焦虑和致病因素带到所有地方。

二〇〇二年，SARS 病毒出现在广东的一个市场里，那里是中国南部的一个省份。一名医生在医院里被传染，然后将病毒带到了香港的一家酒店。在酒店里，两名女性被传染了，她们继而前往多伦多和新加坡，在那里成为传染的源头。病毒沿着不同的路线，也可能从欧洲掠过，但那一次没有造成后果。

航空运输改变了病毒的命运，使它们能够更快地将遥远的地方变成其殖民地。而且不只是航班。还有火车和公共汽车，小汽车，以及电动滑板车。七十五亿人同时在移动：这就是新冠病毒的运输网络。迅速，舒适而又密集，就像我们所喜欢的那样。在疫情期间，我们的效率变成了对我们的惩罚。

混乱

　　所有这些同步的移动汇集在一起，形成了一种巨大的混乱。"混乱"这个词令我们想到某种逃脱数学和理性控制的东西。然而事实并非如此。存在一些细致而有效的方法，可以控制混乱。存在一些公式，甚至是一串串彼此间环环相扣的公式，可以用来观察一个混乱的系统在未来将如何演变。

　　天气预报采用的方法也大致如此。气象学家从分布在世界各地的不计其数的温度计和气压计上收集数据，再加上卫星云图、风速、降水，他们将这些数量庞大的数据代入气象类型的公式。接下来，他们在计算机上进行模拟，从而得知第二天的天气，以及各种相关的可能。

然而今天，二〇二〇年三月三日，我们却在艰难地进行各种预测。我们需要数据，很多很多的数据。我们想要知道全世界每个角落有多少人居住，他们正在去往哪里。我们需要知道所有人的活动，而且不仅如此。我们知道，假如我们的情况改变了，流行病也会发生变化。假如我们不再去办公室，假如我们保持距离，假如我们害怕，非常害怕，那么我们的模拟也应考虑到这一切。

所以，数学家在行动，还有物理学家、化学家、流行病学专家、社会学家、心理学家、人类学家、城市规划专家和气象学家。科学家们的睡眠时间从来没有这么少。所有人都在用数据代入 SIR 模型，以了解明天新冠病毒将会传到哪里。假如我们的模拟成功，就能赢得几天的时间。

在市场

对于新冠病毒，我们了解更多的是它的未来，而非它的过去。病毒究竟是如何产生的，目前尚不明确，有可能很长时间以后人们才会弄明白。不过，总的机制是清楚的：和SARS病毒以及艾滋病毒一样，新冠病毒也是通过动物传染给人类的。

所有人都在指责蝙蝠，SARS病毒也是来自它们。然而，新冠病毒并不是直接从蝙蝠传染给人的，而是在另外一个物种身上中途逗留过。可能是一条蛇。在那个宿主体内，它的DNA发生了变化，并且对人类构成威胁。到此为止，它又做了一次飞跃，传染了一个或多个人，也就是这个全球性事故的零号病人。

人们猜测所有这一切都源自市场，那种环境有利于病菌的传播。确切地还原病毒传播的方式、地点和时间，并非出于对事件本身的好奇，而是流行病学（研究）的重要使命，至少是为了控制病毒。然而，这是一项非常缓慢甚至艰难的使命。

在超市

我有一个朋友娶了日本女孩。他们住在米兰,有一个五岁的女儿。就在昨天,母亲和女儿在超市遇到两个家伙冲她们嚷,说都是她们的错,她们应该回自己家去,回中国。

恐惧促使我们做出奇怪的反应。一九八二年,在我出生的那一年,意大利诊断出了第一例艾滋病患者。我父亲当时是一名三十四岁的外科医生。他告诉我说,一开始,他和同事们都不知道该如何应对,任何人对那种病毒都没有明确的概念。给病人做手术的时候,他们戴上两副手套。有一天，在手术室里，一滴血从一个血清检测呈阳性的女病人胳膊上流到地板上，麻醉师吓得大叫一声，连连后退。

他们都是医生，但还是会感到恐惧。没有人能够真正胜任一项全新的任务。在我们此刻的经历中，我们看到了各种反应：愤怒、恐惧、冷漠、玩世不恭、怀疑和顺从。如果明白这些，我们就不会忘记比平常多一点谨慎，也多一点同情，而不是在超市走廊里喊出一些没有教养的粗口。

迁移

　　世界依然是一个蛮荒之地。我们以为已经探索了它的全部，但依然存在一些我们一无所知的微生物世界，在我们甚至没有想到的物种之间也存在相互影响。

　　我们对环境的肆意破坏，使我们越来越有可能接触到新的致病因素。而直到不久前，它们还安安静静地待在自然界中它们自己的巢穴里。

　　对森林的过度砍伐使我们走进了原本不会有人类出现的动物栖息地，无休止的城市化进程也造成了同样的后果。

动物种类的加速灭绝，迫使在它们肠道里生存的细菌向别处转移。

集约化养殖造就了违背自身意愿的作物，从字面意义来讲，在那里一切都可以繁殖。

我们中又有谁知道，去年夏天亚马孙热带雨林的熊熊大火，到底让什么东西获得了自由？又有谁能预料澳大利亚的动物大量丧生会导致什么后果？科学从未统计过的微生物可能迫切需要一个新的家园。还有哪块土地会比我们更好？我们人数众多，而且会越来越多；我们都是易感者，我们之间存在那么多联系，而且我们无处不去。

太过容易的预言

病毒是为数众多的环境难民之一。此外还有细菌、真菌和原生动物。假如我们能够稍稍放弃一点自我中心主义，就会发现并非新的微生物来找我们，而是我们在驱赶它们。

对于食物需求的增长，促使上百万人去食用那些最好不要去碰的动物。比如在西非，人们食用的野味越来越多，其中就包括蝙蝠。不幸的是，在那里，蝙蝠也是埃博拉病毒的携带者。

树上丰富而成熟的果实，增加了蝙蝠和大猩猩接触的机会，这使得埃博拉病毒更容易传到人类身上。果实丰富源于不正常的雨季和旱季之间越来越强烈的交替，而这种交替又是气候变化造成的……

这一切令人头晕目眩，是一系列因果关系导致的致命的连锁反应。此类连锁反应接连不断，迫切需要越来越多的人进行思考。因为在这一切的终点，我们很可能会发现一种新的大流行病，比这一次更加可怕。因为这一切的源头是我们，始终是我们，以及我们的一切行为。

在本书的开头，我加重了语气，断言正在发生的事情已经发生过，而且还会发生。这并非一个即兴的预言。甚至并非一个预言。现在我甚至还可以补充说，伴随着新冠肺炎发生的一切会越来越频繁。因为传染病是一种征兆。传染存在于生态当中。

发胶

在上世纪八十年代，一度流行高耸的发型。每天都会有几千升发胶被喷到空气当中。人们后来发现，氯氟烃正在臭氧层中钻一个洞。假如我们不加以控制，太阳就会将我们烤熟。于是所有人都换了发型，人类得救了。

那一次，我们的行动有效而又一致。但是，臭氧层的洞容易想象。它是一个洞，我们所有人都有能力想象一个洞。而今天要求我们设想的东西非常难以捉摸。

这就是当今时代的一个悖论：现实变得越来越复

杂，而我们变得对复杂越来越无动于衷。

就拿气候变化来说吧。地球温度升高，与石油价格政策和我们的度假计划有关，与关掉走廊里的灯和中美在经济上的较量有关；与我们在市场购买的肉和原始森林遭到过度砍伐有关。个人生活和全球局势谜一般地交织在一起，使我们在尝试思考之前就已经筋疲力尽。

从后果来看，情况更加糟糕：一边是亚马孙热带雨林的大火，一边是印度尼西亚的倾盆大雨；一边是本世纪最炎热的夏天，一边是本世纪最寒冷的冬天。科学家警告我们，或许人类将无法生存；然后他们又说，我们对于炎热的感受并不算什么，因为对于统计学来说，一天的数据没有任何意义，而一个人的抱怨也说明不了任何问题。

最终，唯一能够确定的是，我们的大脑好像处理不了这些。但我们很愿意尽快准备起来。有的疾病可能会从气候变化中获益。除了埃博拉，还有疟疾、登革热、霍乱、莱姆病、西尼罗河病毒，甚至痢疾，在我们这里它可能只是一个小麻烦，在其他地方却非常危险。世界对它充满恐惧。

所以，传染病邀请我们展开思考。这段隔离的时间正好是个机会。思考什么？思考我们不仅仅是人类共同体的一部分，我们还是一个脆弱而美妙的生态系统中最具侵略性的物种。

病菌

　　我在萨兰托①度夏。身在远方时，我经常会想到这些地方，而脑海里首先浮现的总是橄榄树。从奥斯图尼去往海边的那条路上，生长着一些古老高大的橄榄树。注视着它们，你不会觉得那是植物。它们的树干富于表现力，仿佛有感知一样。有时候，我会禁不住一股魔力般的冲动去拥抱其中的一棵，以便从它身上汲取一些力量。

　　叶缘焦枯病菌在二〇一〇年入侵了加里波利附近的地区，继而从那里开始了它耐心的行军。它一路向北，一公里一公里地传染着橄榄树。起初，树叶好像只是被晒伤了，但随着时间的流逝，那些树都变成了骷髅。去年夏天，我开车行驶在从布林迪西到莱切的高速公路上，触目皆是灰色树木的"坟墓"。

然后，十年的时间还不足以让所有人达成一致意见：

　　　　叶缘焦枯病菌是存在的。

　　　　　　　　不，叶缘焦枯病菌不存在。

　　　　叶缘焦枯病菌将传染所有橄榄树。

　　　　　　　　叶缘焦枯病菌只传染疏于照顾的那些树。

　　　　叶缘焦枯病菌是除草剂造成的。

　　　　　　　　叶缘焦枯病菌来自外国（都是他们的错）。

　　　　我们要将被传染的树周围一百

　　　　米范围内的树都拔掉。

---

① Salentina，也称萨兰托半岛，位于意大利最东端。

用老办法就行，在树干上涂点儿石灰。

就没有人敢碰那些橄榄树了！

传染病是区域性问题。

传染病是国家的问题。

传染病是欧洲的问题。

而在此期间，病菌继续蔓延，悄悄地壮大力量。它出现在昂蒂布、科西嘉、马约卡。叶缘焦枯病菌偏爱度假圣地。

专家

三月四日。政府刚刚宣布所有学校停课，我就已经与两三个人起了争执。在疫情期间，争吵主要围绕新冠肺炎与季节性流感之间的区别。以及封城措施是否太温和，或者太夸张。

从一开始便是如此：一边是有人强调染上病毒就要入院治疗，一边是有人在言谈中流露出，它仅仅是一种受到过高估计的感冒。有人说，只要比平常多洗手就够了，也有人要求在全国范围内进行隔离。"专家说"，"专家的话"，"专家认为"。

"在科学领域，真相是神圣的。"西蒙娜·韦伊写道。然而，当我们用同样的数据，依据同样的模型，却得到相反的结果时，真相又是什么？

　　在疫情期间，科学令我们失望。我们想要一个肯定的说法，听到的却是人们各执一词。我们忘了事情总是这样，甚至只会是这样；我们忘了，对于科学来说，质疑比真相更加神圣。现在我们对此不感兴趣。我们看着专家们吵作一团，就好像孩子们仰着头看家长争吵一样。然后我们彼此之间也争吵起来。

外国的跨国公司

缺乏和谐的地方就会生出杂草，就如同在缝隙里一样。科学里的杂草就是臆测，是操控，或真正的谎言：

叶缘焦枯病菌是实验室里的发明，是外国的
跨国公司制造出来的，为了打压我们的油类
产品。

事实上，他们是想在普利
亚大区铺满高尔夫球场。
气候变化是自然循环的一部分。

格蕾塔·通贝里是外国的
跨国公司付钱雇佣的，她
毫无节制地浪费塑料。
新冠病毒也是外国的跨国公司制造出来的，
以便之后出售疫苗。
又一个会导致儿童自闭症的
疫苗。
季节性流感的死亡人数比新冠肺炎还要多。
无论如何，
美国人是知道的。
比尔·盖茨是知道的。

我们可以选择是否相信，新冠病毒是从实验室里偷出来的，然后导致病毒蔓延。或许这个说法比蝙蝠传播病毒的假设更吸引人。然而，相对于一个已被证实曾多次发生、且有资料为证的现象而言，实验室、盛病毒的安瓿和偷窃方案的存在，需要更多天马行空的假设。在这种情况下，科学需要求助于奥卡姆剃刀原理，也就是说：永远走捷径。也就是说：最简单、需要最少逻辑跳跃的途径，就有可能是正确的途径。关于秘密实验的说法，或许我们可以拿来拍一部电影。

长城

有二十年的时间，我都相信长城是唯一能够从月球上看到的人类建筑。我相信这个说法，是因为人们都这么说，是因为人们习惯于不假思索去相信某些事情。当我终于登上长城，在上面来回走了一个小时，我才发觉那种说法没有任何意义。长城非常宏伟，但也相当狭长。没有理由相信可以从那上面看到它。

假消息像疫情一样传播。用来研究其传播方式的模型也是一样的。对于一则假消息来说，我们是易感者，感染者，或者移除者。消息越是令我们恐惧、愤怒或疯狂，在疫情面前我们就越是脆弱。

　　昨天，到处都在流传新冠病毒在意大利的传播放慢的消息。今天，专家们为了证明事实与此相反而费尽心力：没有任何明显的征兆，还没有。不过，消息已经流传开来。它在脸书、推特，以及 WhatsApp 上我们无数的朋友群里传播。就像新冠病毒通过飞机迁移一样，谎言通过智能手机飞速传播。

　　最后，有些人会感到失望，因为他们发现新冠病毒并没有得到遏制。这种失望最终会导致另外一些猜测，而在此之前就已经有一些猜测产生。我们那些不太确定的想法也构成一个生态系统，无边无际，在那里，一切都会发生。

潘神

当日报决定停止在头版刊登确诊人数的时候，我非常不满，感觉自己遭到了背叛。我开始在其他报纸上查询。在疫情期间，信息透明不再是一种权利，而是一种必不可少的防疫措施。

一个易感者掌握的信息越多——关于感染人数、感染地点、患者在医院里的密集程度——就越是能够采取恰当的举措。或许并非每个人都是如此，有些人会有出人意料的反应，但大部分人都是理智的。模拟也将我们的意识考虑在内，作为疫情是否减弱的一个因素来考察。

尽管如此，从最初的几天开始，就有人指责那些数字制造了恐慌。所以，最好是掩盖它们，或者换一种计算的方法，让数字看上去小一些。只不过我们立刻发现，这么一来就真正激发了恐慌：假如他们向我们掩盖真相，情况就会显得更加严重。两天后，数字重新出现在报纸头版，并保留了下来。

这种举棋不定正是一段悬而未决的感情的标志。一段在现代社会陷入僵局的三角恋，在这段关系里，公民、政府机构和专家失去了相爱的能力。

假如说政府机构相信专家，它们并不相信我们，不相信我们控制情绪的能力。事实上，就连专家也不太相信我们，对我们讲话的方式过于简单，以至于显得可疑。至于政府机构，我们之前就存在怀疑，之后也会如此。所以，我们又回去听专家的说法，却发现他们摇摆不定。最后，在不确定中，我们的表现愈发糟糕，也愈发不被信任。

病毒将这个恶性循环暴露无遗。每当科学触及我们的日常生活，这种不信任的循环就会开始。恐慌源于这种循环，而非源于数字。

　　再加上恐慌是潘神的一种循环性发明。有时候，潘神会怒吼，那吼声如此强烈，以至于他被自己的声音吓到，于是，他在自己制造的恐惧中飞奔而去。

数日子

　　我刚刚收到一封电子邮件。我本来要到萨格勒布参加一个研讨会。会议召集来自不同国家和不同学科的代表，共同寻找作为欧洲人的新含义。现在，主办方请我"重新考虑是否参加"。主管部门不建议来自危险地区的嘉宾参与，意大利就是其中的一个，另外还有中国、新加坡、日本、韩国和伊朗。奇怪的组合。

　　与此同时，疫情仍在继续扩散，已经有接近十万确诊病例。我眼睁睁地看着自己的行程表被粉碎瓦解。三月将会和预期中大有不同。四月也要重新考量。这是一种奇怪的失控感，我并不习惯，但也不抗拒。在这些或取消或延期的事情当中，没有哪一件不令人深感遗憾。但我们是在面对某种更大的事件，它值得我们的关注和尊重。它要求我们做出最大的牺牲，献出全部的责任感。

在这场危机中，很多事情都与时间有关。与我们安排、改变和忍受时间的方式有关。我们处于一种微观力量的控制之下，它傲慢地决定我们的事情。我们气急败坏，但又努力克制着，就仿佛被困在拥堵的交通中，身边却空无一人。我们置身于这种隐形的拥挤，向往着回归正常，我们猜想，我们拥有这样的权利。突然间，正常状态成为我们最神圣的东西，而我们从未赋予它如此的重要性。假如我们认真想一想，我们甚至不知道它为何物：那是我们希望重新获得的东西。

然而，正常状态被中断了，而且没有人能够预测要持续多久。目前属于异常情况，我们应该学会生活其中，找到理由接受它，而不只是害怕死亡。或许病毒果真没有智慧，但在这件事情上，它们的能力超过了我们：它们能够立刻改变，适应。我们最好向它们学习。

我们身处的这种停滞会造成难以估量的后果：工作被停止，卷帘门被放下，所有行业都面临停滞，每个人都已经开始面对自己的损失。我们的文明可以容忍一切，却不包括减缓。但是，思考以后会发生的事情，对于我来说过于复杂，我无法抓住它，我让步了。等新鲜事物来临的时候，我再一件一件地接受它们。

《旧约·诗篇》第九十篇中有这样一句祈祷，现在它经常浮现在我的脑海里：

求你指教我们怎样数算自己的日子，

好叫我们得着智慧的心。

这句话会出现在我的脑海里，或许因为流行病仅仅教会我们计算。计算感染者和治愈者的数量，计算死亡人数，计算住院人数和停课的日子，计算股市里烧掉的几十亿欧元、卖掉的口罩，以及距离公布检测结果还有几个小时；我们计算距离病源的公里数、旅馆里被取消预订的房间数，计算我们保持的联系，以及我们所作的放弃。我们一再计算着，尤其是计算还有多少日子，紧急状态才会结束。

但是，我感觉《旧约·诗篇》第九十篇向我们建议的是一种不同的态度：它教给我们计算日子，以便赋予我们的日子一种价值。所有的日子，甚至包括那些好像仅仅意味着痛苦的中断的日子。

我们可以对自己说，新冠肺炎是一个孤立事件，是一种不幸、灾祸，我们可以说，这都是别人的错。我们有这样做的自由。但我们也可以努力为疫情赋予一种意义。好好利用这段时间，思考正常状态阻止我们思考的事情：我们是如何走到了这种境地，以及我们希望如何恢复正常的生活。

数日子。获得一颗智慧的心。不允许所有痛苦白白度过。

附录

罗马封城记

昨晚我上床后，问妻子今天星期几。她沉默了几秒钟，在默数。罗马这里封城比意大利北部的一些地方要晚些，但我们已经过了三个星期这样的日子，时间已经改变了连贯性——它软化了，慢慢瓦解成碎片。

不过，就工作来说并没有这样。事实上，在最初几天的困惑过后，工作节奏反而以电话会议、Skype 和 Zoom 视频会议，还有没完没了的 WhatsApp 聊天的形式加剧了。

在正常情况下，工作时间是受到限制的。现在这些限制没了，工作侵占了每一个清醒的时刻。产能是一样我们似乎无法停止的东西，它是我们共同的狂热——而且，它也是这场危机的源头之一，这并不是偶然。不过现在，我只为生产而生产。我工作，因为我不知道还能做什么。

大多数时候，我不停歇地写作，但我也重新打开了几个自我不做粒子物理学研究之后就再也没看过的计算程序。我正在用它们来分析与疫情相关的数字。成为作家以后，我以为自己再也不会碰数学，但它以最意外的方式回归了。

我的大脑已经不清楚该什么时候开启或停止，我晚上睡得很少，到了白天身体则处于持续疲劳的状态，尽管智能手机上的计步器显示的数字是历史新低。

至少我已开始在 YouTube 上追一个健身节目。我把沙发挪开，腾出足够的空间伸展手臂。本该给三个人住的公寓里住了四个人——而且我们还是幸运的。

我们派两个人轮流外出买东西、倒垃圾，随身携带内政部规定的最新版本的自我声明表格：你的核酸检测是否呈阳性？你为何外出？你的出发地和目的地是？始终让同一批人外出是更为谨慎的做法；现在，在意大利，我们做每一件事都需要最大程度的谨慎。

所以我足不出户。上次出门是十天前，当时还允许独自一人外出跑步——在离家最近的公园里。要去公园，我得沿帝国议事广场走一段，路过斗兽场，这是全世界游客最多的一段路。如今不见人影。

我可以说看到这些地方摆脱了往常的人群之后再次让我赞叹不已，但这么说是在撒谎：我感到的只有焦虑。还有不安。宪兵队的车缓缓开过街道，一个巡逻兵按了按喇叭，一路催促着叫我让开。我只是想在一个晴朗的早晨拉伸双腿，为了这么一个小小的愿望，我穿着跑步服走出家门，而此刻让我觉得很不自在，所以我直接回家了。从那以后再也没有离开过公寓。

我住在罗马，但我感觉身在他方。我们居住的城市现在更空旷，愈发没有烟火气，我们的情感重心正偏向国家的北部——疫情地图上不断扩大的红色区域和我们每晚观看的谈话节目构成了这个新的地理区域。

我终于有机会重新找出多年来我一直想看的那些电影了，可我看得下去的只有谈话节目，直至深夜，直至筋疲力尽。

这场流行病占据了一切：新闻网站的首页，晚餐时的对话，罗马的美景——它就在外边候着呢，可现在让人感觉冷冰冰的，带不来丝毫慰藉。最重要的是，这场流行病取代了时间。它打断了我们自以为一成不变的、结构化的、可控的时间表，给了我们这棘手的一团乱麻。

禁足令下来的头几天，人们会在下午六点聚集在各自的窗前唱歌。我想那些视频已经被分享到了全世界。意大利在抵抗。意大利团结一致。尽管发生了这一切，意大利在歌唱。非常动人的画面。但并没有持续多久。现在，下午六点是专门收看民防部简报的时间，我们听最新的数据、计算死亡人数、预测"走势"，我们给固定的一群人，也就是我们选择在危机中倾诉的人发信息："威尼

新冠时代的我们

托大区情况好转了，多亏了大范围的检测。""你看到拉齐奥大区的曲线了吗？""西班牙的新增速度比我们快。"

一个对自己的悠久历史引以为豪的国家，现在给人一种置身未来的奇怪感觉：十天、十五天或二十天，不管多少天，我们还处于流行病的未来中。没什么值得夸口的；要是没有它，我们的日子会很幸福。

或许，我们在榜单上位列第一并非偶然，不过原因是什么现在都不重要了。反而是，我们所有人——世界各地的每个人——都应该明白，我们处在同一个故事中的不同节点；在这场流行病中，我们的时间线是一样的：一些人走在前头，一些人走在后头。

我们一开始就犯了错，错在没有理解时间。意大利没有密切关注疫情的发展；米兰没有关注它的几个省；意大利南部没有关心北部；而欧洲的其他国家则没有足够重视这里发生的事。与此同时，在延迟与偏见之间，我们沿着同一条时间线向前滑行。

很明显，在意大利封城期间，酵母和面粉的销量上涨了，它们是披萨和蛋糕的基本原料。我也在做：我在揉面、做烘焙，这是我有生以来做得最多的一段时间。这是典型的意大利人会做的事，这应该能让远方的人们安下心来，他们愿意继续想象我们的阳台繁花似锦、我们的餐桌美味丰盛，而不是意大利人此前不为人知的这一面：戴着口罩，沉默忧心。

但我没怎么吃我烤的蛋糕。我只是有揉面的冲动：把乱糟糟的东西整形、摊平、卷起，让它充分融合，接着再次卷起、摊平。我只是需要掌控一些东西——任何东西——在我似乎已经无法理解时空结构的时候。

在我们缺席的世界里，鸭子又回到了西班牙广场的喷泉池。不受打扰。我不知道这是希望的迹象还是恶兆。在疫情期间，连美景都变得可疑。不管怎样，不论鸭子的距离有多近，我是见不到它们了。我只能看看Instagram上传播的照片。等我最终可以去广场时，它们应该已经飞走了。

（原载《金融时报》，邹欢译）

Paolo Giordano
NEL CONTAGIO

© 2020 Giulio Einaudi editore
This edition published in agreement with the Proprietor through MalaTesta Literary
Agency, Milan.
The Author will donate part of his royalties to medical research charities and to those
working to cure the infected.

图书在版编目（CIP）数据

新冠时代的我们/（意）保罗·乔尔达诺著；魏怡
译. —上海：上海译文出版社，2020. 9（2021.5重印）
ISBN 978 - 7 - 5327 - 8601 - 5

Ⅰ. ①新… Ⅱ. ①保…②魏… Ⅲ. ①随笔—作品集
—意大利—现代 Ⅳ. ①I546. 65

中国版本图书馆 CIP 数据核字（2020）第 159543 号

新冠时代的我们	Paolo Giordano	出版统筹 赵武平
Nel contagio	［意］保罗·乔尔达诺 著 魏怡 译	责任编辑 李月敏 装帧设计 董茹嘉

上海译文出版社有限公司出版、发行
网址：www. yiwen. com. cn
200001 上海福建中路 193 号
上海雅昌艺术印刷有限公司印刷

开本 787×1092 1/32 印张 3. 25 插页 4 字数 19，000
2021 年 1 月第 1 版 2021 年 5 月第 2 次印刷

ISBN 978 - 7 - 5327 - 8601 - 5/I·5302
定价：48. 00 元